Renate Krohn

Und er blicket stumm *eie* **Land rundum**

Impressum

Herstellung und Verlag :   BoD - Books on Demand, Norderstedt
ISBN: 978-3-7386-3610-9

Lektorat: Jochen und Renate Krohn, Leverkusen

Coverfoto: Jochen Krohn, Leverkusen
Satz: Renate Krohn, Leverkusen
Druckvorbereitung: Britta Heinrichs, Leverkusen

Renate Krohn

Und er blicket stumm auf das freie *Land rundum*

Erinnerungen an die Zeit zweier
Deutscher Staaten

Renate Krohn, Jahrgang 1948, schrieb vor fast sechzehn Jahren ihr erstes Buch. 1999 verfasste sie mit dem Titel „…und zum Frühstück Spaghetti" einen lockeren Roman mit Tiefgang über die Zeit des Wirtschaftswunders in der damaligen Bundesrepublik Deutschland. Sie lebt heute mit ihrem Mann in Leverkusen

Die vorliegende Erzählung beruht auf Erinnerungen und Erlebtem aus der Zeit zweier Deutscher Staaten.

8. Mai 1989

"Vater, ach du lieber Himmel, hör doch auf. Deutschland ist nun wirklich nicht das einzige Land auf der Welt, was geteilt ist." Ricarda lehnte sich in den Sessel zurück und sah ihren Vater missbilligend an. "Es ist immer wieder dasselbe. Wenn dieses Thema kommt, rastest du aus!"

"Du musst aber auch zugeben, dass es nicht normal ist, ein Land einfach zu teilen – regelrecht zu verschachern – und einzumauern."

"Natürlich nicht, da bin ich vollkommen deiner Meinung. Aber es ist doch besser, sich irgendwann mit den Gegebenheiten abzufinden, als sich permanent darüber aufzuregen. Du schadest lediglich dir selbst und nützen tut's ooch nischt!"

Unversehens fiel Ricarda wieder in den Berliner Slang, in den sie immer dann ausrutschte, wenn sie sich selbst aufregte. Und bei diesem Thema passierte ihr das jedes Mal wieder. Hans Feistner, ihr Vater, gehörte zu den Menschen, die am liebsten das Deutschland von vor dem Krieg zurückhätten und nicht einsehen wollten, dass die bedingungslose Kapitulation des Landes auch bewirkte dass eben das Mitspracherecht in der Welt stark eingeschränkt war. Vornehm ausgedrückt.

Ricarda und Jan waren vor zwei Tagen von einer Besuchsreise aus der DDR zurückgekommen und erzählten nun, wie es dort aussah. Es hatte sich nichts verändert. Alles war noch so, wie man es Jahre zuvor gesehen und erlebt hatte. Grau in grau.

"Vater, das schlimmste ist ja, dass es irgendwie gärt. Du kannst dir einfach nicht vorstellen, wie aggressiv die Menschen derzeit dort sind. Man wird das Gefühl nicht los, dass im nächsten halben Jahr etwas passiert. Genauer gesagt - ich gebe dieser DDR noch ein halbes Jahr und in irgendeiner Form kracht es. Entweder bricht ein Aufstand aus, dann gnade uns Gott oder ...!"

???

"Was – oder?!"

Ricarda holte tief Luft und sah verstohlen auf Jan, der bloß die Augen verdrehte.

"Aha", meinte er, "das Lieblingsthema deiner Tochter. Sie hat sich in den Kopf gesetzt, dass Gorbatschow die Welt verändern wird."

"Wird er auch! Wartet es nur ab. Ich werde Recht behalten!"

Ricarda und Jan hatten in den Wochen zuvor endlose Diskussionen darüber geführt, welche Pläne Michail Gorbatschow bezüglich der Bundesrepublik Deutschland haben könnte. Jan sah absolut nicht ein, dass er überhaupt besondere Pläne haben sollte; Ricarda war der Ansicht, dass er die haben *müsse*.

"Jan, überlege doch mal. Die beiden Großmächte unserer Welt, die USA und die Sowjetunion, sind gleichzeitig auch zwei gegensätzliche Pole. Die USA ist ein Land, pah, was heißt Land, das ist ein Erdteil, der sich alles leisten kann – nur keinen Frieden. Daran geht nämlich deren gesamte Wirtschaft endgültig kaputt. Die leben doch von der Rüstungsindustrie und sind meiner Meinung nach sowieso schon so pleite, pleiter geht's nicht. In der Sowjetunion ist genau das Gegenteil. Die können sich auch alles leisten – bloß keinen Krieg. Deren Wirtschaft ist schon lange so marode, dass ein Krieg diesem Riesen den endgültigen Garaus bescheren würde. Ich sag' jetzt mal Russland, wenn ich Sowjetunion (die gab es im Mai 1989 ja noch) meine, also: Russland ist ein Land mit sagenhaften Reichtümern. Sie kommen nur nicht dran. Nimm doch nur Sibirien. Da ist der Boden teilweise neun Monate im Jahr vier Meter tief gefroren, manche Landstriche liegen unter Dauerfrost! – wie willst

du denn an die Rohstoffe kommen, die tief da unten eingepackt schlummern? Die Russen haben doch von allem nicht genug. Nicht genug Menschen, Geld schon gleich gar nicht und vor allen Dingen fehlt es an technischem Know how."
Ricarda begann, Jan ihre Gedanken zu entwickeln und widerstrebend musste dieser zugeben, dass Einiges nicht von der Hand zu weisen war.

"Überlege mal. Gorbatschow gehört für mich zu den Menschen, die ausnahmsweise nicht in erster Linie in ihre eigene Tasche wirtschaften. Zumindest macht er diesen Eindruck auf mich. Ich denke, er will sein Land auf jeden Fall hochbringen und sei es, um den USA zu zeigen, dass sie doch die Stärkeren sind. Ist auch schnuppe, aber irgend so etwas wird er vorhaben. Und damit bin ich wieder am Ausgangspunkt. Ich gehe davon aus, dass er uns die DDR zurück verkaufen will und mit diesem Geld, das wird sicher nicht reichen, ihn aber auf alle Fälle weltweit kreditwürdig machen, wird er sich ganz schnell das erforderliche technische Know how kaufen können. Und wer hat das? Der Westen. Damit meine ich jetzt nicht nur uns, sondern den Westen allgemein. Was natürlich auch besagt, dass wir, die Bundesrepublik Deutschland, jetzt nicht pennen dürfen. Wenn der Amerikaner nämlich erst einmal wach wird, können wir einpacken. Dann frisst der den großen Kuchen allein. Ja, und Menschen werden sie *kaufen* müssen. Ich meine die Russen, also Gorbatschow. Vielleicht wird er Verträge mit den Chinesen machen. Einmal hält er sie sich damit vom Leib und zum Anderen können die als völlig selbständiger Staat auch nicht mehr lange so weiter existieren. Die anderen Systeme gehen doch ebenfalls der Reihe nach kaputt."

Jan bremste seine Frau mit den Worten: "So, komm du Weltpolitiker, ab ins Bett. Morgen kannst du den Rest der Welt nach deinem Gusto zurechtbiegen. Jetzt bin ich erst mal müde."
Ricarda lachte und ging ins Bad. Sie fuchtelte mit der Zahnbürste in der Luft herum, den Mund voll Schaum und nuschelte: "He, Mann, du kannst dich doch auch noch erinnern, wie es damals war, oder?"

*

Ricarda 1953

In der Welt tobte das, was als *Kalter Krieg* in die Geschichte einging. Die Amerikaner waren den Russen nicht grün, umgedreht war es nicht besser. Deutschland, oder besser das, was davon übrig war, hatte man großzügig unter vier Mächten aufgeteilt. Irgendjemand erzählte sogar einmal, dass Deutschland bereits vor 1933 verhackstückt wurde. Für den Fall, dass ein gewisser Adolf Hitler an die Macht käme; für den Fall, dass es Krieg gäbe und für den Fall, dass Deutschland diesen verlöre, würde man das Land unter den Siegermächten aufteilen, was dann auch brav geschah.

Die Amerikaner hatten außerdem noch ein Stück dessen, was sie ursprünglich nach neunzehnhundertfünfundvierzig besaßen, an die Russen abgetreten und das hieß alles erst einmal Ostzone. Später wurde daraus die SBZ, die sowjetisch besetzte Zone (oder war es vielleicht doch umgekehrt?) und dann die **D**eutsche **D**emokratische **R**epublik, also die DDR. Dieser Begriff ist absolut untrennbar mit der deutschen Geschichte verbunden, zumal das Regime dieses

Staates mehr zerdepperte, als es vielleicht der Krieg vorher schon geschafft hatte. Sinnbildlich gesprochen.

Die Bundesrepublik Deutschland, also der Westen, befand sich in der Wiederaufbauphase, die insofern erleichtert wurde, als dass die USA uns mit dem Marshallplan gewaltig unter die Arme griff. Ausserdem wurde die Preisbindung für Markenartikel aufgehoben und so der Grundstein für die freie Marktwirtschaft gelegt. In der DDR nannte man das verächtlich Kapitalismus.

Ricarda war zu diesem Zeitpunkt fünf Jahre alt und fuhr zum ersten Mal in die DDR zu ihren Großeltern. Der Großvater holte sie ab und sie gingen früh um kurz nach sechs zum Hauptbahnhof. Der Interzonenzug fuhr zwar erst gegen acht Uhr, aber es war ratsam, sich wenigstens eine oder eineinhalb Stunden früher auf dem Bahnsteig einzufinden, damit man wenigstens ziemlich vorne in dem Gewühl stand. Autos gab es damals nur sehr wenige, die Eisenbahn war fast das einzige Verbindungsmittel von einer Stadt zur anderen. Der Bahnsteig war schwarz vor Menschen. Der Großvater hatte zwar Platzkarten besorgt, doch es war undenkbar, überhaupt bis zu den reservierten Plätzen durchzukommen. Die Menschen kletterten durch die Fenster in die Abteile und standen wie die Heringe.

So manches Gepäckstück musste auf dem Bahnsteig zurückbleiben; es passte einfach nirgendwo mehr dazwischen. Ricarda war so erschrocken, dass sie sogar vergaß zu weinen. Die Augen riesengroß vor Angst, den Opa zu verlieren oder in diesem Gedränge einfach zerquetscht zu werden, klammerte sie sich an seinem Hosenbein fest. Da er selbst einen Koffer in der Hand hatte, konnte er unmöglich das kleine Mädchen auf den Arm nehmen und rief zu ihr herunter: "Halt Dich nur ganz doll an mir fest – wir schaffen das schon!"

Sie schafften es wirklich und fanden irgendwann sogar das Abteil mit den reservierten Plätzen, die natürlich von Anderen besetzt waren, die keine Anstalten machten, aufzustehen.

"Was sollen wir denn machen?", fragten sie, "wir kommen doch hier auch nicht mehr raus. Oder haben Sie eine Idee, wohin wir treten sollen?"

Irgendwie hatten sie sogar Recht. In den Gängen drängelten sich die Menschen mit ihrem Gepäck; auf die Toilette zu gehen war fast unmöglich, es sei denn, man erledigte sein Geschäft bei offener Tür, hinter dem Rücken desjenigen, der gerade mit dem Rücken zur Toilettentür stand. Vielen Leuten war das nachher völlig egal, Hauptsache, sie kamen erstmal bis zur Zugtoilette durch.

Wenn man muss, muss man – Schamgefühl konnte man sich nur bedingt leisten.

Das Schienennetz war auch noch nicht das, was man heute darunter versteht; so manches Mal kroch der Zug im Schneckentempo weiter, weil er sonst vermutlich rausgehüpft wäre. Nach circa zwölf Stunden Fahrt für stolze dreihundertfünfundsiebzig Kilometer kamen sie in Eisenach an. Dort hieß es umsteigen. Ricarda war völlig übermüdet und wusste nicht mehr, ob sie noch weiterfahren wollte. Aber das half nichts. Sie musste. Von Eisenach nach Fröttstätt fuhr ein Doppelzug – das war so ein Zug, wie in England Doppeldecker-busse fahren – und die Aussicht, oben sitzen zu dürfen machte sie für eine kleine Weile wieder munter. In Fröttstätt mussten sie wieder raus und warteten auf den nächsten Zug nach Waltershausen in Thüringen. Es waren gerade noch zwanzig Minuten zu fahren; heute würde man sich dafür vielleicht ein Taxi nehmen. Nach insgesamt vierzehn Stunden waren sie am Ziel. Weihnachten neunzehnhundertdreiundfünfzig.

*

Thüringen, das grüne Herz Deutschlands, so war damals noch auf allen Plakaten in Grenznähe zu lesen (heute heißt es auch wieder so), war tief verschneit. Ricarda kannte Schnee, doch diese Massen riefen absolute Begeisterung bei ihr hervor.
"Opa - darf ich Ski laufen?!"
"Kind, Kind, abgesehen davon, dass du keine Skier besitzt, kannst du doch auch gar nicht Ski laufen", meinte der Opa. Fügte aber hinzu: "Weißt du was – ich mach' dir welche und dann wirst du es auch ganz schnell lernen." Ricardas Opa war Schreiner und Möbeltischler und ein paar Skier waren für ihn kein großes Problem. Das Material, nämlich Holz für die Skier zu besorgen, war da schon ein größeres. Er ergatterte in der Nachbarschaft ein altes Heringsfass. Aus Fassbrettern ließen sich herrliche Ski machen und Ricarda war selig. Außerdem gab es einen riesig langen Schlitten für fünf Personen, der noch aus Mamas Kinderzeit stammte. Und Mutter hatte zwei Brüder. Das bedeutete, den Schlitten gleich am nächsten Tag auszuprobieren.
Die Oma warnte sie: "Pass auf, du kannst damit nicht allein umgehen. Der Schlitten ist zu groß und Du bist dafür noch viel zu

klein." Ricarda war da anderer Ansicht und rutschte vergnügt den Berg hinunter.

Am Fuße des Berges gabelte sich die Straße und wurde zur rechten Seite von einer Dornenhecke begrenzt. Natürlich war der Schlitten für Ricarda wirklich zu groß, und sie landete unsanft in dieser Hecke. Dabei verletzte sie sich böse im Gesicht. Abgesehen davon, dass die Kleidung einiges abbekommen hatte.

Sie begann zu brüllen und versuchte, sich aus den Dornen zu befreien, was ihr aber nicht gelang.

Plötzlich stand ein Mann vor ihr, pulte sie aus der Hecke, trocknete die Tränen, holte den Schlitten ebenfalls heraus, gab ihr ein Bonbon und nahm Ricarda an die Hand.

"Wo wohnst du denn, kleines Mädchen?"

"Ricarda machte eine unbestimmte Bewegung mit den Händen und schniefte: "Da oben." Sprechen fiel ihr schwer, sie hatte das Bonbon im Mund. Sie sah den Mann unentwegt an und wunderte sich. Er sprach so komisch.

"Sag mal, Onkel, wo kommst du her? Du bist aber nicht von hier?"

Was immer sie unter *hier* verstand.

"Nein, ich komme von sehr weit her. Ich komme aus Russland."

"Wo ist das? Ist das in Australien?"

Ricarda war noch nicht in der Lage, Länder geographisch zu unterscheiden; sie hatte wohl irgendwann mal etwas von Australien gehört und packte den Fremden einfach mit dazu.

Inzwischen waren sie oben auf dem Berg angekommen und Ricarda bedankte sich bei dem fremden Mann: "Es war sehr nett von dir, dass du mich da rausgeholt hast. Wenn du auch ziemlich komisch sprichst."

Sie verschwand hinter dem Gartentor, wo der Großvater ihr bereits entgegen kam: "Sag mal, hast du nicht gehört, wie ich nach dir gerufen habe? Du hast gefälligst zu kommen, verstehst du?"

Ricarda zog sich zusammen; sie wusste bereits, dass der Großvater furchtbar streng sein konnte. Und da kam es auch schon:

"Wie siehst du denn aus? Wo warst du?"

"Ich, ich, ich … bin mit dem Schlitten den Berg runter gefahren und unten in der Dornenhecke gelandet. Da hat mich der Mann herausgeholt."

"Welcher Mann?"

"Na, der Mann da, der mir dann auch ein Bonbon gegeben hat ."

Ricarda sah sich suchend um; aber der Fremde war verschwunden.

"Der Mann, der so komisch sprach und sagte, er käme aus Russland und da hab' ich ihn gefragt, ob das in …!" Der Rest des Satzes blieb offen.

Ricarda hatte ihren Großvater noch niemals zuvor so aufgebracht gesehen. "Was hast du gerade gesagt? Ein Russe? Ein Russe hat dich da rausgefischt! Das ist ja wohl nicht wahr!"

Sie bekam eine Ohrfeige; die Tränen liefen erneut und sie verstand gar nichts mehr. Der Mann hatte ihr doch nur geholfen und er war so nett. Durfte man denn kein Russe sein? Was war das überhaupt? Spielte es eine Rolle, woher man kam, wenn man einem Anderen etwas Gutes tat?

Spielt(e) es eine Rolle?

Neunzehnhundertdreiundfünfzig!

Ricarda Frühjahr 1954

Die Oma kam zu Besuch. Aus der Ostzone. Die Züge waren noch genauso voll wie ein halbes Jahr zuvor, aber das konnte sie nicht abschrecken. Sie wollte endlich ihre Tochter besuchen und das Enkelkind wieder sehen.

Stellte sich nur die Frage, was nahm man mit? Schließlich gehörte es sich nicht, mit leeren Händen zu kommen. Die Oma entschied sich für eine große Uhr, die man auf den Schrank stellen konnte und die zu jeder vollen Stunde einen Glockenschlag ertönen ließ.

Zunächst musste das Problem gelöst werden, wie und wo man eine solche Uhr bekam. Hergestellt wurden sie schon wieder, doch sie waren teuer. Der ganze Haushalt wurde durchgeforstet, ob es nicht etwas gab, was man, neben einem Bargeldbetrag, noch anbieten konnte. Was immer die Oma fand – Geld hatte sie ja kaum – sie bekam jedenfalls ihre Uhr.

Vergessen hatte sie dabei nur, dass es verboten war, einen solchen Artikel *auszuführen*.

Oma saß im Zug. Die Grenze nahte. Oma guckte betont gelangweilt aus dem Fenster und hielt den Karton mit der Uhr hochkant zwischen den Knien.

Nachdem die Passkontrolle erledigt war, kamen die Zöllner.

"Was ist denn da drin?"

"Eine Puppe für mein Enkelkind."

"Ach so."

Tiefes Aufatmen. Er hatte nicht gesagt, dass sie den Karton öffnen sollte. Das war also überstanden.

14

Der heruntergefallene Felsbrocken hatte aber auch noch eine andere Ursache. Oma hatte vergessen, das Läutwerk abzustellen und es war kurz vor elf Uhr vormittags!

*

Ricarda Sommer 1954

Die ersten großen Ferien in Thüringen. Sechs Wochen lang bei den Großeltern. In Erinnerung an den Besuch im Winter, der erst wenige Monate zurück lag, freute Ricarda sich auf den Wald, den sie besonders liebte.

Der erste Wermutstropfen in diesen Freudenbecher fiel beim Frühstück. Sie hasste es, Milch zu trinken. Der Großvater jedoch bestand auf der täglichen Milchration. Das wäre ja noch zu ertragen gewesen, wenn es sich nicht gerade um Ziegenmilch gehandelt hätte. Sie hielt sich zwar liebend gern im Ziegenstall auf, um mit den zutraulichen Tieren zu spielen, aber Ziegenmilch – pfui Teufel.

Der Opa wollte darauf bestehen, aber die Oma war doch ein bisschen nachsichtiger.

"Nun gut", meinte Oma, "wenn du die Milch absolut nicht trinken willst, musst du Kaffee trinken. Andere Milch haben wir nicht."

Auf die Idee, vielleicht welche zu kaufen, kam Oma nicht, das kostete nämlich Geld. Und das war Mangelware.

Am nächsten Tag ging Ricarda auf das gegenüber liegende Feld zum Ährennachsammeln. Sie brachte einen großen Korb voll Gerste mit nach Hause. Die Körner wurden abgepult und in der Pfanne geröstet. Daraus machte die Oma dann Malzkaffee. Der schmeckte auch nicht gerade umwerfend, doch immer noch besser als Ziegenmilch.

Den Kaffee bekam sie allerdings die nächsten Tage im Bett serviert – Ricarda hatte sich beim Ährenlesen einen ausgewachsenen Sonnenbrand geholt. Wer kannte 1954 schon Sonnenschutzmittel und, vor allen Dingen, wer achtete bei Kindern darauf, die doch sowieso den ganzen Tag draußen waren.

*

Jan bis zum Winter 1953

"Es ist verdammt kalt hier", fröstelte Jan und dreht sich zu seiner Mutter um. "Können wir denn den Ofen nicht ein bisschen anmachen?"
"Hast Du was zum Anmachen?"
"Nein, aber der Boltmann hat was."
"Wieso, wo, was?"
"Na, Kohlen im Keller!"
Gertraude Kohnen grinste ihren Sohn an: "Dann hol' mal welche!"
Jan sah auf seine Mutter: "Iiich? In den Keller?"
"Ja, du."
Jan hasste es, in den Keller zu gehen. Keller war für ihn noch immer gleichbedeutend mit Bombenalarm und Russeneinmarsch. Die Erinnerung daran war noch sehr lebendig.

*

Damals … 1945
Und wieder ging der Heulton durch Mark und Bein. Die Kohnens, vielmehr Mutter und die drei Kinder, der Vater war an der Front, rafften, wie so oft, das Nötigste zusammen und flüchteten in den Keller. Zusammengepfercht saßen sie alle auf den Sitzbänken, die

man an den Wänden aufgestellt hatte. Es war ein Keller, in dem die Leute Zuflucht suchen konnten. Keiner, in dem man sich zu einem längeren Aufenthalt einrichtete.

Es krachte – wieder einmal. Das Haus erzitterte in seinen Grundfesten, hielt aber Stand. Diesmal hatte es woanders eingeschlagen. Alles atmete auf.

Plötzlich hörte man Schritte, schwere Stiefel polterten die Kellertreppe herunter. Die Tür wurde aufgerissen und russische Soldaten, das Gewehr im Anschlag, standen vor ihnen. Die Kinder, unter ihnen auch Jan, sein um ein Jahr jüngerer Bruder Udo und die kleine Schwester, gerade ein Jahr alt, sahen mit weit aufgerissenen Augen auf die Eindringlinge. Angst stand in allen Gesichtern. Keines der Kinder weinte.

Neben Jan saß sein Schulkamerad, beide zitterten; und plötzlich ging das Licht aus. Stromausfall. Irgendeine Leitung war getroffen und sie saßen wieder einmal im Dunkeln. Die undurchdringliche Dunkelheit löste auf beiden Seiten Panik aus.

Dann fiel ein Schuss … und noch einer.

Jan spürte, wie der Körper neben ihm erschlaffte und nach vorne fiel. Jan hatte soviel Angst; dass er nicht wagte, zu schreien.

Wolfgang neben ihm war … tot.

Als das Licht wieder anging, zogen sich die Russen zurück und trampelten in die Wohnungen.

Die Leute im Keller rührten sich nicht. Der Schutzmechanismus der Seele hatte eingesetzt, der besagte: wenn ich ganz still bin, sieht mich keiner.

Nach einer Weile wurde es auch oben im Haus wieder ruhig. Mit versteinerten Gesichtern trug man den kleinen Wolfgang nach oben. Jans Mutter drückte ihre Kinder an sich. Wieder einmal hatten sie überlebt.
Sollte man dem Schicksal dafür dankbar sein?
Schicksal?
Wahnsinn!

*

Langsam ging Jan hinunter in den Keller. Er war inzwischen fünfzehn Jahre alt und die Furcht war noch immer gegenwärtig. Doch die Kohlen waren auch wichtig. Der Wiederaufbau hatte zwar begonnen, den meisten Menschen ging es noch verdammt dreckig.

Unten blickte er sich um und horchte, ob auch niemand in der Nähe war. Es war alles still. Vorsichtig öffnete er das Schloss der Kellertür vom Nachbarkeller. Er gehörte Boltmanns. Die hatten von allem genug. Aber abgeben – nee, bloß nicht. Jeder war sich zu dieser Zeit selbst der Nächste. Man konnte Kohlen kaufen, dazu brauchte man Geld, was sie nicht hatten und die Bezugsscheine waren inzwischen aufgebraucht.

Jan betrat den Keller und leuchtete mit seiner Taschenlampe den Kohlenhaufen an.

"Verd….! Da können wir keine Schaufel voll mehr wegnehmen", fluchte er leise. "Der hat da was drüber gestäubt und nun ist alles weiß."

Murrend und frierend ging Jan wieder nach oben.

"Mutter, mit'm Kohlen klauen ist's Essig", sagte Jan.

"Wieso?"

"Der hat die Kohlen mit irgendwas eingepudert, sieht aus wie Mehl, der ganze Haufen ist weiß. Das hätte er lieber uns zum Backen geben sollen.

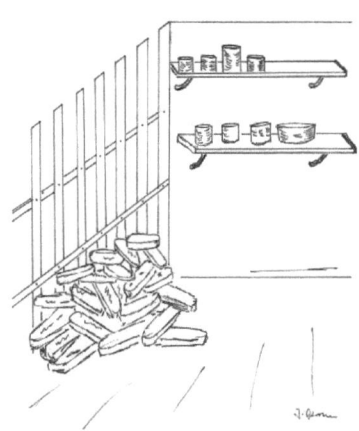

Wenn wir da auch nur eine Schaufel voll wegnehmen, sieht der das sofort."

"Und was jetzt?"

"Weiter frieren."

Jan sah seine Mutter an. "Ich hab' eine Idee!"

Jan schnappte sich erneut die Taschenlampe und verschwand. Kurze Zeit später stand er, dreckig aber strahlend, wieder in der Tür. Mit einem kleinen Eimer Kohlen…

"Woher hast du denn die?", fragte seine Mutter erstaunt.

"Ist dir noch nie aufgefallen, dass in unserem Keller ein paar Latten lose sind?

Die habe ich unten jetzt ganz los gemacht, beiseite gedrückt und von hinten ein bisschen, wirklich nur ein kleines bisschen, weggenommen."

"Ach, Junge! Komm schnell rein. Es muss dich ja nicht noch jemand sehen."

Jan grinste: "Ich hab auch noch was anderes entdeckt. Honig. Eine ganze Reihe Gläser voll Honig!"

Er zauberte ein kleines Glas aus seiner unergründlichen Hosentasche. Hosentaschen von Jungens sind immer unergründlich. Zu dieser Zeit fand man auch alles Mögliche darin, bloß bestimmt keinen Bindfaden. Den gab es nämlich nicht. Ersatzkordel aus gedrehtem Papier. Die gab es in der DDR noch bis weit in die Sechziger Jahre.

"Das können wir doch nicht machen, Kind!", meinte die Mutter. Eigentlich sagte sie es mehr anstandshalber. Dann fügte sie hinzu: "Na ja … ein ganz kleines bisschen können wir uns ja rausnehmen. Das merkt er bestimmt nicht. Anschließend gießen wir heißes Wasser darüber und rühren kräftig um. Dann ist das Glas wieder voll."

Dieser Trick funktionierte einige Male. Dann hatte man die Gläser alle durch und noch dünner konnte man den Honig nicht machen.

Auch wenn man den Vermieter absolut nicht leiden konnte; war man doch trotzdem froh, ein Dach über dem Kopf zu haben. Das hatte 1953 noch lange nicht jeder.

Allerdings mussten sie sich dafür auch Einiges bieten lassen. Wehren konnte man sich nicht, dann schmiss der Vermieter einen raus. Und dann? Nicht auszudenken, mit drei Kindern auf der Straße zu stehen.

Dafür rächten sich die Kinder auf ihre Art.

Die Eltern gingen beide arbeiten; den Jungen wurde aufgetragen, auf die kleine Schwester aufzupassen und gleichzeitig diverse Arbeiten im Haushalt zu erledigen. Dazu gehörte auch putzen. Dass die Jungen das nicht gerade gern taten, kann man vielleicht sogar verstehen. Das war fast noch schlimmer, als immerfort die kleine Schwester im Schlepp haben zu müssen. Eines Tages hatten sie etwas entdeckt, was ihnen das Putzen zum Vergnügen werden ließ. Zwischen den Dielen des Fußbodens in der Küche waren sehr breite Ritzen. Wenn man sich auf den Boden legte, konnte man im Erdgeschoss dem Vermieter auf den Schreibtisch gucken. Woraus die zwei Jungen messerscharf schlossen, dass dort, wo man durchgucken kann, auch Wasser durchlaufen muss.

Die beiden Jungen grinsten: "Komm, wir putzen die Küche!"

In dem Moment waren sie eine eingeschworene Gemeinschaft, holten einen Eimer Wasser und kippten das Wasser über den Fußboden, dass ein Teil davon durch die Ritzen laufen musste. Was auch prompt geschah.

Anschließend wischten sie das Wasser brav wieder weg und als die Eltern nach Hause kamen, war die Küche spiegelblank.

Die wunderten sich über den plötzlichen Putzeifer ihrer Söhne nicht schlecht, bis ein paar Stunden später Boltmann kam: "Sagen Sie mal, was haben Ihre Kinder denn jetzt wieder angestellt!", rief er erbost aus, als er die Küche betrat.

Übrigens: er betrat sie, ohne anzuklopfen. Kohnens bewohnten zwar eine ganze Etage, aber trotzdem war die Wohnung nicht *abgschlossen* und der Vermieter hatte jederzeit freien Zutritt.

Ratlos blickten Kohnens auf Boltmann:

"Wieso?"

„Ja, dann kommen Sie mal mit und sehen sich die Sauerei an!"
Kohnens gingen runter und konnten sich nur mit Mühe das La-
chen verkneifen. Die Bescherung war nicht zu übersehen, den-
noch ließen sie sich zu dem Ausruf hinreißen: "Ach du lieber
Himmel! Was ist denn hier passiert?!"
Der Schreibtisch, besser sämtliche Papiere darauf, schwammen
in einer Wasserlache.
Der Vermieter tobte und Kohnens konnten sich die plötzliche
Putzwut ihrer Kinder durchaus erklären.
Die Rache des kleinen Mannes! Im wahrsten Sinne des Wortes!

Durch den Krieg waren auch die Schuljahre der Kinder teilweise etwas durcheinander geraten. Jan begann nun endlich seine Lehre.
Eigentlich wollte er technischer Zeichner werden. Doch zu dieser
Zeit nahm man für diesen Beruf – idiotischerweise – nur Mädchen.
Auf die Frage seines Vaters, was er denn nun machen wolle, antwortete er: "Ich gehe in die Landwirtschaft. Ich werde Melker."
Jan verließ das Elternhaus und wohnte künftig bei seinem Lehr-
herrn. Kost und Logis frei, aber Geld? Oh weh. Mit Verdienen war
es da nicht toll. Zwanzig Mark im Monat mussten reichen.

*

Das Telegramm: *Mutter schwer erkrankt, bitte sofort nach Hause
kommen*, erreichte Jan an seiner Lehrstelle, etliche Kilometer von
Potsdam entfernt. Er packte umgehend einen Koffer, setzte sich in
den nächsten Zug und fuhr nach Hause. Seine Lehrstelle sollte er
nie wieder sehen.

"Ja, Mutter! Du bist ja völlig gesund!" rief Jan, "was sollte denn das Telegramm?"

Die darauf folgende Eröffnung haute Jan vom Hocker. Seine Mutter sagte ihm, dass sie sich vom Vater getrennt habe und nun alle zunächst einmal offiziell nach Berlin fahren würden; aber das sei nur die Aussage für den jüngeren Bruder und die kleine Schwester, die beide momentan noch in der Schule waren. Als die Kinder nach Hause kamen, waren die Koffer, jeder hatte einen kleinen eigenen, gepackt und man ging zur Bahn.

Damals war es noch kein Problem, mit der S-Bahn nach Westberlin zu fahren.

Ein paar Jahre später sah das allerdings anders aus. Man hatte die Schächte der S-Bahnstationen einfach zugemauert. Das bedeutete, dass man, um nach Westberlin zu gelangen, um ganz Potsdam und Ostberlin außen herum fahren musste. Wenn man sich also in Düsseldorf ins Flugzeug setzte, war man in eineinhalb Stunden in Berlin Tempelhof. Damals waren es noch Propeller-Maschinen von den Engländern, da die Lufthansa das DDR-Gebiet nicht überfliegen durfte. Die flogen maximal 360 km/h schnell, da brauchte man ungefähr eineinhalb Stunden bis Berlin. Dann fuhr man zwei Stunden mit der S- und Straßenbahn einmal rund herum, um Potsdam zu erreichen. Dieses Dilemma hielt sich dreiunddreißig Jahre!

Allerdings war es billig. Straßenbahn fahren kostete ganze zwanzig Pfennig; Umsteiger fünfundzwanzig. Bis zum Schluss!

Als sie die Grenze hinter sich hatten, bekamen es auch die Kleinen zu wissen: "Wir fahren nach Köln zur Oma und dort werden wir auch bleiben."

Auch Jan erfasste erst jetzt die endgültige Bedeutung dieser Abreise und meinte zu seiner Mutter: "Wir haben sämtliche Fotoalben dort gelassen. Ich fahr noch mal zurück."
An der nächsten Station stieg Jan aus und fuhr mit dem Gegenzug zurück nach Potsdam. Vom Bahnhof aus musste er zu Fuß weiter bis Stahnsdorf, da die Straßenbahnstrecke noch nicht wieder vollkommen hergestellt war. Er wollte durch den Garten gehen als er mit einem Blick zum vorderen Eingang zwei große, schwarze Limousinen sah. STASI. Staatssicherheitsdienst.
Nix wie weg.
Die Fotoalben blieben wo sie waren. Und alles andere auch.

*

Zunächst bedeutete die Abreise aus Potsdam Grenzdurchgangslager. Hunderte und Aberhunderte Flüchtlinge und Vertriebene. Das war kein Zustand für Jans Mutter. Sie hasste die Unordnung und das Durcheinander und vor allen Dingen, das *öffentliche* Leben. Die kleine Familie hatte zu dritt keinen Raum für sich allein, sondern mussten das Zimmer mit noch vier weiteren Personen teilen. Was das bedeutet, kann man sich wohl kaum vorstellen.
Die Nerven aller, die da zusammengepfercht waren, lagen blank. Es dauerte nicht lange, bis Jans Mutter die Koffer packte und mit ihren Kindern weiterfuhr. Die erforderliche Zeit, die man in einem solchen Lager bleiben musste, um später einen Lastenausgleich zu bekommen, weil man ja alles verloren hatte, war damit nicht eingehalten; die Papiere waren nicht komplett und es gab natürlich dadurch auch keinen Pfennig. Jans Mutter suchte sich in Köln eine Arbeit, wurde einige Zeit später geschieden und die Kinder wuchsen in der Bundesrepublik Deutschland, im so genannten Goldenen

Westen, heran. Die Kinderzeit in Potsdam geriet immer mehr in Vergessenheit; man richtete sich sein Leben nach den neuen Gegebenheiten ein.

*

Ricarda 1954 bis 1961 Schulanfang!

Gut gesagt; wo war sie denn, die Schule? 1954 gab es noch jede Menge Trümmergrundstücke und die Schule des Stadtteils, in die Ricarda kommen sollte, war ein Opfer der Bomben geworden. Also musste man sich behelfen und baute den Keller einer Kirche um. Die I-Dötzchen und Zweitklässler, insgesamt vierundsechzig Kinder, wurden zusammengesteckt und die Lehrer hatten ganz bestimmt auch ihr Vergnügen. Man halte eine solche Horde Kinder in

Schach, die von sechs bis acht Jahre alt waren. Diese Schule war zudem mit einer der ersten ökumenischen Schulen (NRW's) Nordrhein-Westfalens; dort waren sowohl katholische, evangelische und Nichtgetaufte alle miteinander in einer Klasse. Die ersten Ausländerkinder hatte die Schule auch: zwei Jungen aus Ungarn.
Die neue Schule war zwei Jahre später fertig.

*

Ricarda verbrachte während ihrer ganzen Schulzeit die Ferien immer bei den Großeltern in Thüringen. Sie lernte anfangs noch, mit Lebensmittelkarten umzugehen; sie wusste, dass man sich anstellen musste, wenn irgendwo eine Menschenschlange (!) stand. Dort gab es ganz sicher etwas, was man sonst nicht kaufen konnte und sie lernte auch, diese Gegebenheiten hinzunehmen. Zu Hause, im Westen, war zwar alles anders, aber in den Jahren bis neunzehnhundertachtundfünfzig war es auch nicht so toll. Das Wirtschaftswunder hatte bereits begonnen, aber noch lange nicht für jeden. Ricardas Eltern gehörten zu denen, die die Auslagen in den Schaufenstern immer noch eher bewundern als kaufen konnten. So wie Ricarda, wuchsen einige Millionen Kinder in zwei deutsche Staaten hinein und konnten sich später kaum noch daran erinnern, dass es einmal anders war.

Der Aufstand in Berlin wurde von ihr kaum wahrgenommen, weil nur wenige Leute einen Fernsehapparat hatten. Diese Entwicklung steckte damals noch in den Kinderschuhen und außerdem interessierte sie sich im Alter von neun Jahren absolut nicht für Politik. Sie hörte davon, doch zu Berlin hatte sie keine Bindung. Für sie war nur wichtig, was mit den Großeltern, Ihrer Cousine und ihren beiden Cousins zusammenhing. Der Rest war nebensächlich.

Nach einigen Jahren hatte man fast begonnen, sich an die Grenze zu gewöhnen, respektive sich mit ihr zu arrangieren und die Jahre verliefen in einem gewissen Gleichmaß, das am *dreizehnten August 1961* abrupt unterbrochen wurde.
Sie war mit ihren Eltern wieder einmal in Thüringen; man saß um neun Uhr in der Küche und frühstückte. Nachrichten. Alle, Eltern, Großeltern und Ricarda, hörten auf zu kauen und hörten mit halb offenem Mund fassungslos, dass man über Nacht eine Mauer durch

Berlin gebaut habe. Die erste Reaktion von Ricarda war: „Das gibt's nicht. Man kann nicht über Nacht eine ganze Stadt mit einer Mauer teilen.." Und das war erst der Anfang.

Aber es war so.

Da der Urlaub ohnehin fast zu Ende war, wurden die Koffer ein bisschen früher gepackt. Mit Angst im Nacken sahen sie zu, dass sie zum Bahnhof kamen. Angst deshalb, weil man befürchtete, dass man aus diesem, nunmehr abgeriegelten, Staat nicht mehr herauskam.

Am Bahnhof war es ruhig. Es war auch nur ein kleiner Bahnhof und Ricarda wusste, dass sich das in Eisenach, dem nächsten Umsteigebahnhof, schlagartig ändern würde. Immerhin hatte sich die Fahrerei in den vergangenen Jahren insofern verändert, dass man mit dem Zug auch nicht mehr so einfach durchfahren konnte. Man musste sich am Ausgangsbahnhof Platzkarten besorgen, denn alles was keinen Sitzplatz hatte, musste den Zug am Grenzübergang Wartha verlassen und wurde durch Kontrollbaracken gelotst. Auf der westdeutschen Seite stiegen die bundesdeutschen Grenzbeamten ein und der Zug fuhr während der Passkontrollen weiter zum Grenzübergang Wartha. Dort stiegen die westdeutschen Beamten wieder aus und die ostdeutschen zu. Dann ging's los: Die Toiletten wurden kontrolliert und abgeschlossen, wenn man Pech hatte, durfte man stundenlang *kneifen*. Nachdem alle Reisenden, die keinen Sitzplatz hatten, draußen waren, wurden die Zugtüren von außen verriegelt. Die Züge wurden von den Grenzern unten drunter abgespiegelt. Ein Spiel, das später mit den einreisenden PKW's weiter gespielt wurde. Der Aufenthalt sollte normalerweise zwei Stunden dauern, wuchs sich aber oft genug auf die doppelte Zeitspanne aus. Die sitzenden Reisenden wurden im Zug kontrolliert. Man brauchte zwar (noch) kein Visum, aber es gab strikte Vorschriften, was man mitnehmen durfte und was nicht. Verboten war es seit je her, Zeitungen und Zeitschriften, darunter fielen auch Modejournale oder *Romänchen*, mit sich zu führen. Darunter verstand man seinerzeit die Dreigroschen-Heftchen, die als Reiselektüre besonders beliebt waren. Trotzdem versuchten es die Leute immer wieder mit dem Erfolg, dass, wenn die Zollbeamten das Zeug irgendwo entdeckten, alle anderen im Abteil befindlichen Reisenden, genauso streng kontrolliert wurden. Von Geldstrafen einmal abgesehen, mussten die meistens aussteigen und konnten irgendwann, Stunden später, zusehen, wie sie weiterkamen. Der Interzonenzug fuhr nur einmal am Tag. Vielleicht auch einmal in der Nacht, aber das kam dann ganz darauf an, wohin.

Die Feistners kamen ohne Probleme wieder nach Hause, hatten fürs erste aber die Nase gestrichen voll. Man wusste nicht, wie es weiterging und ebenso wenig, ob man seine Verwandten und Freunde in den nächsten Jahren überhaupt wiedersehen konnte.

Frau Feistner hatte ihre Eltern in Thüringen, also Ricardas Großeltern und ihre beiden Brüder mit Familien. Die Familie war schlagartig auseinander gerissen. Millionen Familien!

*

Ricarda 1962 bis 1967

Im Jahr darauf, neunzehnhundertzweiundsechzig, fuhr man nicht in die DDR. Man hatte die *Schnauze voll* und der Schreck saß allen noch in den Gliedern. Dazu kam, dass die Reiserei nun auch extrem erschwert worden war. Man behandelte die Bürger aus der Bundesrepublik wie Ausländer. Sie benötigten zur Einreise ab sofort ein Visum.

Dieses Visum musste vom Einladenden, also dem DDR-Bürger, beantragt werden und alles beinhalten, was man sich so denken kann. Für eine Einreise mit dem Auto wurden in den folgenden Jahren sowieso nur Sondergenehmigungen erteilt; wer in die DDR wollte, musste mit dem Zug kommen. Anzugeben war unter anderem auch der Grenzübergang, womit jedem Reisenden die Möglichkeit genommen war, eine andere Strecke zu wählen. Am Bestimmungsort angekommen, durfte man sich im Umkreis von zehn Kilometern *frei* bewegen; weiter nicht.

Aber es war nicht nur so, dass die Reisemöglichkeiten von der Bundesrepublik aus eingeschränkt waren, auch die Post lief manchmal wochenlang; oftmals gingen Briefe *verloren*. Es brauchte nur etwas drin zu stehen, was den Kontrolleuren nicht angenehm war – und weg war der Brief. Durch diese Tatsachen wusste man in der BRD (Bundesrepublik Deutschland), dass auch Briefe kontrolliert und/oder durchleuchtet wurden. Die Inhalte waren völlig fremden Leuten bestens bekannt.

Die Familie Feistner war auch noch damit geschlagen, dass der Großvater unter starkem Asthma litt, was in der DDR mit den dort vorhandenen Medikamenten nicht behandelt werden konnte. Inzwischen war genau vorgeschrieben, was man schicken durfte und Medikamente standen auf der absoluten Verbotsliste. Was also tun? Zum Glück handelte es sich bei der Arznei für den Opa um ein Medikament in Pulverform, so dass Ricardas Mutter auf die Idee verfiel, Backpulvertütchen zu öffnen und das Pulver umzufüllen.
Bloß, das musste man den Großeltern irgendwie mitteilen. Zu dieser Zeit kam der Satz: *Not macht erfinderisch* ganz besonders zur Geltung. Die Oma bekam von Ricarda einen Brief, weil eine Kin-

derhandschrift nicht so genau kontrolliert wurde, in dem unter anderem stand, dass die Mutti auch Backpulver im nächsten Paket mitschicken würde. Sie konnten jetzt nur hoffen, dass diese *dämliche* Bemerkung auch richtig verstanden wurde. Zwar konnte die Oma mit dem Satz nichts anfangen. Da es Backpulver in der DDR durchaus zu kaufen gab, wusste sie, dass irgendetwas mit diesem Pulver nicht stimmen konnte. Das Paket kam ausnahmsweise unbeschädigt, wenn auch nicht ungeöffnet, an und man probierte vorsichtshalber dieses ominöse Backpulver. Der Opa probierte es. Es schmeckte gallenbitter, doch er strahlte und wusste sofort was das war.

Ein ganzer Monat Leben!

Als Ricarda fünfzehn war, also im Jahre neunzehnhundertdreiundsechzig, starb der Großvater und man fuhr erstmalig nach einigen Jahren wieder nach Waltershausen. Mit dem Zug. Selbst in diesem Fall wurde eine Einreise mit dem Auto verweigert. An der Grenze angekommen, mussten natürlich die Koffer und Taschen geöffnet werden, aber Feistners hatten nichts, was sie nicht haben durften. Diese Kontrolle lief ab, wie tausend andere: "Gänsefleisch ..." ???

Nun ja, meist wurde man in unverfälschtem thüringisch aufgefordert: "Gänn se *vlleicht'n* Koffer mal uffmachn!?" *Übersetzt: Können Sie vielleicht den Koffer mal aufmachen.*
Der Besuch in diesem Trauerhaus war für viele Jahre der letzte in Waltershausen. Die Verhältnisse verschlechterten sich immer mehr. Die Lebensmittelkarten waren zwar schon lange abgeschafft; aber für Kohlen brauchte man immer noch Bezugsscheine. Die Menge wurde zugeteilt.
Inzwischen durften die Bewohner aus der DDR gar nicht mehr in den westlichen Teil Deutschlands fahren. Die Kontakte wurden, soweit das möglich war, völlig unterbunden.
Ein Bruder von Ricardas Mutter war zwischenzeitlich nach Potsdam umgezogen. Wenn es auch mit viel Mühe und Problemen und, nicht zuletzt, auch immer mit einer Portion Angst wegen der Grenze, verbunden war, so wollte man den Onkel doch auch einmal besuchen. Das wurde Ricardas erste Flugreise. Die Lufthansa durfte nicht fliegen, man musste eine ausländische Gesellschaft nehmen. *BEA* oder *PANAM*; letztere ist inzwischen seit vielen Jahren pleite! Der Hinflug, von Ricardas entsetzlicher Übelkeit mal abgesehen, verlief problemlos; der Rückflug eigentlich auch. Dazwischen lagen allerdings zwei Kontrollen an der Grenze; diesmal halt Berlin. Bei der Einreise war am Kontrollpunkt ein solcher Rummel, dass es verhältnismäßig reibungslos ging. Aber bei der Ausreise. Die Feistners wurden um und um gedreht. Das Schlimmste war, ausnahmsweise hatten sie mal was, was sie nicht haben durften. Bettwäsche aus Rotchina, die keinesfalls aus der DDR ausgeführt werden durfte und ein Briefmarkenalbum, das unter die Devisenbestimmungen fiel, somit ebenfalls als Ausfuhrartikel auch strengstens verboten war. Als hätten die Grenzer das gerochen! Feistners bekamen die Sachen auch nur deshalb unentdeckt durch die Kontrolle, weil Ri-

cardas Mutter die Koffer selber aus- und auch wieder einpackte und sie genau wusste, wo was lag. Mit einem Stapel Handtücher hatte sie das Briefmarkenalbum und, mit was auch immer, die verbotene Bettwäsche *erwischt*. Als man diese Kontrolle hinter sich hatte, fielen Zentnerblöcke von den Herzen. Doch wie ging es weiter?

Die Maschine sollte in einer knappen Stunde von Tempelhof starten und man stand noch immer an der Grenze.

"Das schaffen wir nie!", meinte Mutter.

Damals war das Fliegen noch nicht selbstverständlich. Es war noch etwas so Besonderes, dass man sogar seine besten Sonntagskleider anzog; auf dem Flughafen hätte man niemals jemanden in Jeans rumlaufen sehen, oder mit Rucksack. Man war auch noch nicht so weltgewandt, einen Flug einfach umzubuchen.

Übrigens: Jeans gehörten seinerzeit zu den Kleidungsstücken, die man als Arbeitshose bezeichnete.

"Taxi!!!!"

Das Taxi kam, der Fahrer hörte sich die Sorgen an und war wohl nicht umsonst ein typischer Berliner: "Lassen Se man, det kriejen wir ooch noch hin!"

Er war dergleichen gewöhnt.

Diese Taxifahrt wird Familie Feistner ihr Leben lang nicht vergessen. Rote Ampeln wurden grundsätzlich ignoriert, es gab allerdings noch nicht so viele wie heute, quer durch Grünanlagen und wie auch immer … aber Feistners bekamen ihr Flugzeug.

Ein etwas verzögerter Start, und dann war man nach eineinhalb Stunden, solange flog man damals noch mit einer Propellermaschine, in Düsseldorf. Großes Aufatmen. So schnell nicht wieder.

Scheiß Grenze!!

Trotzdem, oder gerade deshalb, grassierten häufig bösartige Witze, wie: Die Autobahn von Berlin nach Grömitz ist längst fertig, die steht bloß aufrecht um Berlin zum trocknen!

*

Ricarda 1968

Aus Ricarda war inzwischen ein junges Mädchen geworden, das sich wie viele jungen Mädchen mit dem ersten Liebeskummer und anderen Pubertätsproblemen herumschlug. Vielleicht sollte man in der Erinnerung festhalten, dass es damals noch nicht üblich war, sein Herz oder seine Beschwerden auf der Zunge zu tragen. Facebook, Twitter und ähnliche so genannte soziale Netzwerke gab es noch nicht. Ein Indianer kennt keinen Schmerz, das galt auch für Mädchen. Probleme mit der Periode, gerade in dieser Zeit häufig psychisch bedingt, wurden totgeschwiegen, ebenso Probleme, die junge Menschen zu Hause hatten. Ricarda war da keine Ausnahme und bastelte sich in diesen Jahren ihre eigene Welt. Neunzehnhundertachtundsechzig lernte sie dann Jörg kennen, den sie ein halbes Jahr später heiratete. Und, wie könnte es anders sein, Jörg stammte aus Dresden.

Die Familie Schwarz hatte auch in den fünfziger Jahren *rüber gemacht* (!); allerdings waren sie zu diesem Zeitpunkt bereits geflüchtet. Jörgs Vater landete im Gefängnis, weil er als amerikanischer Spion entlarvt wurde. Die Todesstrafe gab es nicht mehr, aber man inhaftierte ihn wegen Hoch- (oder Landes-?)verrat zu fünfundzwanzig Jahren Gefängnis in Brandenburg. Seine Frau machte sich mit ihren Söhnen auf die Socken zu ihrer Schwester in der Nähe von Koblenz und schlug sich mit Gelegenheitsarbeiten mehr schlecht als recht durch. Arbeit gab es in diesen Jahren genug, bloß die Bezahlung war so mies, dass es zum Leben zu wenig und zum Sterben zuviel war.

Ricarda lernte Jörg anlässlich einer Veranstaltung kennen und bildete sich ein, *das ist er*. Die Ehe stand unter keinem guten Stern. Jörg war acht Jahre älter und eigentlich schon in jungen Jahren vom Wesen her zu alt für sie. Ricarda hielt sein paschahaftes Benehmen gerade mal vier Jahre aus.

Plötzlich stand Ricarda, wie Jahre zuvor ihre Mutter, vor dem Problem, einen Kranken in der Familie zu haben. Den Schwiegervater. Er war vorzeitig aus der Haft entlassen worden, weil er so krank war, dass man befürchtete, seinen Tod aus dem Gefängnis melden zu müssen. Das wollte man auf jeden Fall vermeiden. Nierenkrank. Ricarda brachte in Erfahrung, um welche Krankheit es sich handelte und auch, welche Medikamente er dagegen benötigte. Nach wie vor standen Medikamente auf der Verbotsliste und es war immer wieder eine Zitterpartie, in Päckchen oder Paketen etwas über die Grenze zu schmuggeln. In diesem Fall handelte es sich um ziemlich große, weiße Tabletten.

Wer kennt sie nicht, die rosa und weißen Schoko/Pfefferminzbonbons. Sie eigneten sich hervorragend zu einem Austausch. Also: Tüte ganz vorsichtig am oberen Falzrand geöffnet, was bei etlichen Tüten daneben ging und Ricarda durfte wochenlang Schoko/Pfefferminzbonbons essen.

Alle weißen Bonbons raus, abgezählt und die gleiche Anzahl Tabletten rein. Zumachen. Das war ein Problem! Uhu konnte man nicht nehmen, das hatte einen so starken Geruch, der sich tagelang nicht verlor. Also suchte man nach irgendeinem Kleber, der hielt, aber nicht stank. Man fand auch was, schickte das Paket ab und hoffte, dass es ankam. Es verschwand immer noch massenhaft Zeug, vielleicht mehr als in den zehn bis fünfzehn Jahren zuvor, da die Verhältnisse in der DDR sich inzwischen drastisch verschlechtert hatten. Der ebenfalls auf den Weg gebrachte Brief enthielt wieder einmal dubiose Andeutungen von denen man hoffte, dass der Empfänger sie verstand. Man konnte ja noch nicht einmal einen Medikamentenbeipackzettel mitschicken – alles was gedruckt in einem Brief war, wurde sofort konfisziert.

Himmel noch mal! Was waren das bloß für Zeiten!

Ricardas Schwiegervater war ein typisches *Kind* seiner Zeit. Von den persönlichen Schwierigkeiten abgesehen, war obendrein seine (Ehe)Frau ja nun *im Westen* und die Grenze existent wie nie zuvor. Zwar durfte man mittlerweile mit dem Auto fahren, musste aber immer den Grenzübergang angeben. Bloß – wer fuhr Neunzehnhundertachtundsechzig ein Auto. Vielleicht zehn Prozent derer, die heute über die Straßen gurken.

Das ist wohl mit einer der Tatbestände, die sich mancher Autofahrer heute zurück wünscht, wenn er im Stau steht.

Schwiegerpapa saß also in Sachsen fest und wohnte bei einer Frau, die sich als seine Lebensgefährtin herausstellte. Immerhin war das damals auch ein Thema, das totgeschwiegen wurde. Entweder war man verheiratet oder nicht, aber zusammen leben, sorry, das gehörte sich einfach nicht! Das dazu gehörende Drama sollte sich erst noch entwickeln, als es dann eines Tages hieß: Rentner dürfen in die BRD ausreisen – auch für ständig. Man war ja froh, wenn einer ging, denn die Finanzlage des Staates war damals schon derart desolat, dass man über jede eingesparte Rente jubelte. Dazu kam, dass die Schwiegermama zwar ein Leben lang gearbeitet hatte, nur, und das war auch von all denen, die sie damals beschäftigten verantwortungslos, niemals mit einer Steuerkarte.

Der Schwester im Geschäft geholfen, usw. Das bedeutete, sie bekam keine Rente und somit war, zumindest von der moralischen Auffassung her, ihr Noch-Ehemann, mit dem sie mehr als fünfundzwanzig Jahre nicht mehr zusammengelebt hatte, gezwungen in die BRD zu kommen. Seine Lebensgefährtin, die ihn aufpäppelte, hatte das Nachsehen. Hat sich was mit moralisch!

Wäre er nicht gekommen, hätten die Söhne für die Mutter aufkommen müssen und das wollte wiederum er nicht. Er fand, dadurch, dass er im Gefängnis war, hätte er seiner Familie genug *Schande* gemacht. Ricarda sprach mit ihm darüber und vertrat die Ansicht, dass es unter den gewesenen Umständen keine Schande war. Bloß er hätte sich nicht erwischen lassen sollen! Worauf er meinte, dass sie, Ricarda, wohl nicht sehr patriotisch angehaucht sei …

So haben sicher viele gedacht. Spionage wurde erst wieder ein Pfui-Thema, als man Agenten aufdeckte, die für die DDR gearbeitet hatten, das war verwerflich; gegen die Russen zu spionieren, war chic, denn denen wünschte man doch fast immer und überall die Pest an den Hals. Arme Kerle, würde man heute vielfach sagen, sie taten in diesem Zusammenhang doch auch bloß Ihre Pflicht. Aber es gibt eben Unterschiede, wie man sie tut!

*

Ricarda und Jan 1972

Ricardas Ehe war inzwischen geschieden; sie hatte einen neuen Bekannten, Jan, mit dem sie nach vielen Jahren zum ersten Mal wieder in die DDR fuhr. Jan war nach seiner überstürzten Flucht mit der Mutter und den Geschwistern nie wieder drüben gewesen. Der Kontakt mit seinem Vater bestand nur brieflich und es sollte auch noch einige Zeit dauern, bis er sich zu einem solchen Besuch aufraffte.

Inzwischen war die Einreise mit dem Auto möglich geworden. Man war, dank Anbruch des Computerzeitalters, nicht mehr an einen bestimmten Grenzübergang gebunden, sondern konnte so fahren, wie man es gern wollte. Allerdings hatten die DDR-Behörden sich was Neues einfallen lassen. Das Straßengeld. Zehn Deutsche Mark pro Fahrzeug; freundlicherweise wenigstens nicht pro Person! Wogegen die Visum-Gebühren pro Person erhoben wurden.

Ricarda und Jan kamen in der Nacht um zwei Uhr am Grenzübergang Herleshausen an. Es war hundekalt und neblig; Ricarda war außerdem müde. Sie schnappte sich ihr Portemonnaie, stieg aus und marschierte in Richtung eines kleinen Wachhäuschens. Dort wollte sie ihre zehn Mark loswerden. Kein Mensch drin. Suchend sah sie sich um als hinter ihr jemand in unverfälschtem thüringisch fragte, was sie denn wolle.

"Straßengeld bezahlen", antwortete sie.

"He, Kumpel, komm mal rüber, die Dame will Straßengeld bezahlen!", rief der junge Mann einem Kollegen zu, der gerade ein anderes Fahrzeug kontrollierte.

Dieser sah Ricarda *wohlgefällig* von oben bis unten an und meinte dann: "Das muss ich mir aber noch schwer überlegen!"

"Überlegen Sie bloß nicht so lange; ein Indianer kennt zwar keinen Schmerz, aber ich friere trotzdem!", kam es prompt zurück.

Alles grinste und der Beamte drehte sich zu Jan, der noch im Auto saß, um: "Am besten steigen Sie mal aus – Ihre Frau friert!"

"Das macht nix – dann soll sie mal 'ne Runde um'n Block laufen!!!"

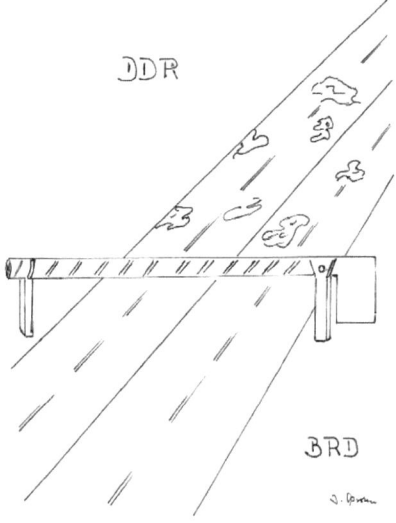

Schallendes Gelächter – und das an einer DDR-Grenze! Unglaublich!

Vor allem deshalb, wenn man sich vorstellt, dort eine Runde um den Block zu laufen, wo ringsum alles zugemauert war.

Die Kontrolle fiel entsprechend milde aus. Die taten wohl wirklich nur ihre Pflicht! Vielleicht hatten sie um zwei Uhr in der Frühe auch einfach keine Lust mehr.

Weiterfahrt über die Autobahn – was man so Autobahn nannte. Loch an Loch und hält doch! Das traf den Nagel wohl eher auf den Kopf. Wenn man sein Auto und, nicht zu vergessen seinen DM-Bestand, schonen wollte, hielt man sich besser an die vorgegebenen Geschwindigkeitsbegrenzungen von sechzig oder hundert km/h. Alles andere konnte teilweise lebensgefährlich sein. Sowohl für das Auto als auch für das Steißbein. Gemein war allerdings, dass oftmals kilometerweit dreißig Stundenkilometer vorgeschrieben waren und man hinterher glaubte, das Schild der Geschwindigkeitsaufhebung irgendwo übersehen zu haben. Das wurde dann teuer, in DM. DDR Geld hatte man ja noch nicht. Der Pflichtumtausch begann ja erst mit der Rennerei, wenn man zur Anmeldung musste!

Daran sollte man auch immer denken, wenn man nur für ein Wochenende fahren wollte. Man musste sich innerhalb von vierundzwanzig Stunden anmelden, was schon nicht klappte, wenn man beispielsweise am Samstagmorgen ankam; sämtliche Ämter, auch die Kassen, waren ab Freitagmittag geschlossen und öffneten natürlich erst Montagmorgen wieder. Das war schon kriminell.
Dann ging's los: erst zur Sparkasse rennen, Reisepass und Visum nicht vergessen. Nach den Tagen der Aufenthaltsdauer richtete sich der Pflichtumtausch. Später wurde ein Geldwechsel an der Grenze eingerichtet.

Fünfundzwanzig Deutsche (West-)Mark pro Tag und Person. Ganz beachtlich. Mit der Umtauschbescheinigung der Sparkasse, eine andere Bank gab es sowieso nicht; war eh alles staatlich, zurück zum (Einwohner)-meldeamt. Oder wie das damals hieß.

"Bitte einzeln eintreten!" Und wehe man tat das nicht. Immerhin musste man bei diesem Verfahren hellseherische Fähigkeiten entwickeln. Wer kann schon durch die geschlossene Tür gucken und sehen, ob da gerade jemand drin sitzt.

*

Eines steht fest, auch zu DDR-Zeiten hatte Thüringen etwas im Überfluss. Landschaft! – allerdings war das auch alles. Die Versorgung war ziemlich mangelhaft und manchmal haperte es am Simpelsten.

Ricardas Onkel wohnte oben auf einer Bergkuppe, wunderschön, aber auch mit Nachteilen. Unten in der Stadt war eine große Fabrik, die tagsüber vor allen Dingen eines brauchte: Wasser. Und da man auch in einem Privathaushalt Wasser braucht, tauchte das Problem auf, dass der Druck, vor allem eben auf dem Berg, miserabel war. Also ließ man auch in diesem Fall dem Erfindungsgeist den erforderlichen Spielraum. Der Onkel baute sich auf dem Dach des Hauses eine große Wanne, die sich in der Nacht bei normalem Wasserdruck, auffüllte, damit man tagsüber dann Wasser hatte. Das Problem war also auch wieder gelöst.

Anders sah es auf der beruflichen Seite aus. Der Onkel war Gärtner in der Stadtgärtnerei. Dazu gehörte unter anderem die Blumenpflege. So man Blumen hat, die man pflegen kann. Schnittblumen gab es sowieso nicht, man beschränkte sich also auf Chrysanthemen resp. Fuchsien als Topfpflanzen. Allerdings ließ auch in diesen Fällen vielfach der Nachschub von Jungpflanzen arg auf sich warten und die vorhandenen Blumen reichten einfach für die Nachzucht nicht aus. Also griff man zur inzwischen selbstverständlich gewordenen Selbsthilfe: der Onkel spazierte über den Friedhof und klaute kurz entschlossen alle brauchbaren Triebe der benötigten Pflanzen von den Gräbern. Von einem Friedhofsbesucher darauf angesprochen meinte er: "Das muss so sein, die wachsen sonst nicht richtig." Wer vom Gärtnern keine Ahnung hat, glaubt das natürlich. Vielleicht nicht so ganz, aber das Gegenteil war auch nicht zu beweisen. Bei einer Brigadebesprechung wurde er dann hoch gelobt, weil der das Soll erfüllt hatte.

Peinlicher wurde diese Besprechung für einen Sargtischler – er hatte sein Soll nicht erfüllen können!!!

41

Eines Tages auf dem Rückweg von der Gärtnerei nach Hause, fuhr der Onkel mit seiner *Schwalbe*, einer DDR-Moped-Marke, durch die Stadt und hielt ganz abrupt am HO-Laden an. Da stand nämlich in großen Buchstaben am Schaufenster:

HEUTE KLOPAPIER EINGETROFFEN!

Wenn man um alles rennen und anstehen muss, merkt man erstmal, wie wichtig auch Klopapier werden kann. Fatal, wenn man es nicht hat; Zeitungspapier schmiert immer so!

Übrigens: wenn es mal Gläser zum Einkochen gab, fehlten mit Sicherheit die dazu gehörenden Deckel oder die Dichtungsringe oder, der Einfachheit halber, beides. Wie man das Problem allerdings in den Griff bekam, ist unbekannt. Vielleicht hielt man es mit der russischen Tugend: *warten können.*

*

Ricarda und Jan - die letzten Jahre vor der Wende

Was kosten denn die Zitronen?
Ein Gang über den Markt.
Markt – naja, was man so darunter verstand. Ein paar Pflanzen für den Garten, vorzugsweise Stiefmütterchen oder Stinkstudenten. Gemüse gab es auch. Das war saisonabhängig immer einheitlich. War gerade Blumenkohlzeit, dann gab es immer und überall Blumenkohl. Auch in den Restaurants.

"Mensch, da gibt es Zitronen!"

Ricarda und Jan kannten das Dilemma der Versorgung aus vielen Jahren DDR-Besuchen und steuerten zielsicher den Zitronenstand an.

"Was kosten denn die Zitronen?"

"Was sie immer kosten!"

"Und was kosten sie immer?"

"Fünf Mark das Kilo."

Inzwischen hatte die *freundliche!* Verkäuferin wohl bemerkt, dass die Beiden nicht aus der DDR stammten und ließ sich zu dieser Auskunft herab.

Das war nicht das einzige Mal, dass es den beiden so erging.

Die Schlosslaterne

Auch die DDR hatte hat etliche Kurorte; sehr schöne sogar. Allerdings waren diese überwiegend für SED-Funktionäre. Die mussten sich ja auch dringender erholen als die arbeitende Bevölkerung.

Einer dieser schönen Orte heißt Friedrichroda. Mitten im Thüringer Wald und heute bekannt durch Reklamen der Reisebüros.

Schlossparkhotel Reinhardsbrunn.

Selbst zu DDR-Zeiten war die äußere Fassade sehr sehenswert und auch der Park stellte sich recht gepflegt dar. Was nicht überall und weiß Gott keine Selbstverständlichkeit war

Wunderschöne schmiedeeiserne Laternen an allen vier Ecken des Schlosses.

Eines Tages fehlte eine.

Ricarda und Jan sahen sie später ganz zufällig bei dem damaligen Schlossgärtner, der ein Nachbar von Onkel und Tante war, im Garten. Sie sah auch dort gut aus.

Auf die Frage der beiden, wie er denn an diese Laterne käme, gab er zur Antwort: "Nicht, dass Ihr denkt, die ist geklaut. Das ist lediglich Umlagerung von Volkseigentum!"
Ah ja!

Anmerkung des Autors:
Übrigens: Der Gärtner ist inzwischen verstorben und die Laterne wieder an ihrem angestammten Platz.

Eine Beerdigung und eine Hochzeit

Irgendwann bleibt es keinem erspart; ein Familienmitglied stirbt. Jans Vater in Potsdam hatte das Zeitliche gesegnet.
Die Einreisebestimmungen wurden in den vergangenen Jahren insofern ein wenig gelockert, als dass man in Ausnahmefällen – und dazu zählte inzwischen ein Todesfall – vereinfacht einreisen durfte. Das bedeutete, dass Ricarda und Jan ein Telegramm mit der Todesnachricht bekommen hatten, und dies an der Grenze als Grundlage zur Erteilung eines Einreisevisums galt.

Aus der Vergangenheit wussten beide noch, dass es keine Blumen, geschweige denn einen Kranz, den man anlässlich einer Beerdigung benötigte, zu kaufen gab. Sie gingen also in ein Blumengeschäft am Heimatort, kauften einen Kranz, luden ihn ins Auto und ab ging die Post. Richtung Potsdam; Grenzübergang Helmstedt – Marienborn.*
Jan und Ricarda näherten sich dem Grenzübergang.
"Weißt Du was, es riecht komisch."

"Stimmt - das ganze Land, je näher man kommt, stinkt nach Braun-kohle und Trabbi."
"Erinnere mich nicht an unsere Trabbi-Fahrt", lachte Ricarda.
Sie hatten einige Zeit zuvor Verwandte in Chemnitz, das damals Karl-Marx-Stadt hieß, besucht und man machte gemeinsam einen Ausflug ins Erzgebirge. Da Ricarda und Jan Gäste waren und sich in der Gegend nicht auskannten, ließen sie ihr Auto stehen und fuh-ren mit Martins Trabbi. Jans Körpergröße veranlasste Ricarda zu der Bemerkung: "Komm, setz du dich nach vorne, mir wird schon nicht schlecht werden." Ricarda kämpfte mit dem Problem der Rei-seübelkeit, wenn sie hinten im Auto sitzen musste. Dieses Problem, teilte sie mit ihrer Cousine Annette. Martin als Fahrer saß ohnehin vorne, Jan neben ihm und die beiden Frauen hinten.
Jan, der längste von allen, musste den Sitz ganz nach hinten schie-ben, um sein langes Fahrgestell unter zu bekommen, was dazu führ-te, dass Ricarda sehr undamenhaft, die Knie rechts und links neben dem Vordersitz platziert, im Fond saß. Zu gut deutsch: sie konnte sich mit den Knien die Ohren zuhalten. Und das, alles zusammen gerechnet, einige Stunden.

Am nächsten Morgen wunderte sie sich: "Kannst du mir mal sagen, wieso ich einen Muskelkater in beiden Leisten habe als wäre ich mindestens hundert Kilometer mit dem Fahrrad gefahren?"
"Hm", grinste Jan, der sich am Tag zuvor schon über diese Haltung amüsierte: "Denk mal an deine einladende Haltung von gestern!"
"Fieser Möpp!"
Aber das war wohl wirklich die Ursache.

Am Tage der Beisetzung fuhren sie zum Friedhof und dort standen sie dann etwas ratlos herum.
"Wo kann man denn hier den Kranz hinlegen, damit er zu der richtigen Beerdigung kommt?", fragte Jan seine Schwester.
"Irgendwo hinlegen? Du bist gut! Schultern und mitnehmen. Hier kommt keiner, der dir was trägt", antwortete Bärbel.
"Aha!"
In der Leichenhalle angekommen, legte man den Kranz zu den anderen Grabgaben, die zum größten Teil aus Kunstblumen bestanden. Nach der Gedenkfeier, Gottesdienste gab es in der DDR nicht, es war kaum noch jemand in irgendeiner Kirche, zumindest offiziell, nahm der Redner die Urne unter den Arm und marschierte los. Wieder nahm man den Kranz und lief, quer über den Friedhof, hinterher. Der Weg wurde immer länger und der Kranz immer schwerer. Außerdem versank man im Matsch. Am Grab angekommen, wurde die Urne in die Erde gelegt, Kranz und Kunstblumen daneben und das war's dann.
Lieblos.

Ein paar Monate später:
Jans Schwester heiratete. Hier kauft man einen Brautstrauß. In der DDR bestellte man einen Brautstrauß und bekam dazu gesagt: „Ich

will sehen, was sich machen lässt. Wenn es keine Rosen gibt, müssen Sie was anderes nehmen!"
Es gab Rosen – ausnahmsweise!

Der Weg in den Intershop-Laden, den es in fast allen Orten gab, durfte natürlich auch nicht fehlen. Die *klassenlose* Gesellschaft manövrierte sich schon mit diesen Geschäften in eine *Zwei-Klassen-Gesellschaft* hinein. Im Intershop konnte man anfangs nämlich nur mit Devisen einkaufen. Dort gab es alles das, was es für die Menschen, die keine Devisen und keine Beziehungen zum Westen hatten, nicht gab.
Später konnten die DDR-Bürger zur Bank gehen und für die DDR-Mark DM-Gutscheine kaufen, damit konnten sie dann auch zum Intershop gehen.
Es lebe die klassenlose Gesellschaft.

* Übrigens: Der Grenzübergang Helmstedt-Marienborn ist so ziemlich der einzige, der fast vollständig erhalten wurde. Als Denk- oder Mahnmal. Die Häuschen gammeln leider so still vor sich hin. Es wäre angebracht, dieses Mahnmal zu pflegen; die innerdeutsche Grenze ist untrennbar mit der deutschen Geschichte verbunden und sollte wirklich nicht in Vergessenheit geraten. Wahnsinn, den man erhalten sollte.

9. November 1989

"Jan! Jaaaaan!"
"Was ist denn?"
Jan war gerade in der Küche und Ricarda hatte, ganz gegen ihre Gewohnheit, im Wohnzimmer den Fernseher eingeschaltet.
"Jan – ich glaub', ich hab mich verhört! Die Grenze ist auf!"

??? Ratloses Gesicht.

"Welche Grenze?"

"Unsere Grenze – die Grenze zur DDR!"

"Kann gar nicht sein!", kam Jan schnell aus der Küche.

Und dann saßen sie vor dem Fernseher. Bis zum Programmschluss.

"Ich kann es noch nicht glauben! Das ist einfach nicht wahr!"

Bei beiden flossen die Tränen, immer noch gemischt mit absolutem Unverständnis und einer gehörigen Portion Misstrauen.

Immer und immer wieder, auf allen Sendern, hörten sie die Nachricht und konnten es nicht fassen. Niemand hatte wohl ernsthaft damit gerechnet, dass Deutschland noch einmal eins werden würde.

"Ich hab's Dir doch gesagt. Erinnerst du dich?", fragte Ricarda. "Ich habe, und das werde ich nie vergessen, am 8. Mai 1989 bei den Eltern gesagt, dass ich dieser DDR noch ein halbes Jahr geben würde und dann passiert was! Es ist was passiert. Zwar ganz anders, als ich es gedacht habe, aber vermutlich nur, weil Gorbatschow die Geschichte irgendwie aus der Hand geglitten ist. Immerhin sorgte er dafür, dass keine Panzer zum Einsatz kamen.

Egal, jetzt geht es endlich aufwärts!"

Ricardas Weissagung lag genau ein halbes Jahr und einen Tag zurück.

Ging es aufwärts?!

Ja – aber wohl in erster Linie mit dem Medienspektakel. Dass die Bewohner in Ost und West sich zunächst einmal vor lauter Enthusiasmus in die Arme fielen, ist eine menschliche Regung, die es auch heute noch gibt.

Gott sei Dank!

Leider sieht es so aus, dass seitens Rundfunk, Fernsehen und Zeitungen nur immer wieder die negativen Folgen hochgespielt werden. Fragt man unter den Menschen der ehemaligen DDR-Bevölkerung einmal nach, stellt sich zum überwiegenden Teil heraus, dass man doch *verhältnismäßig* zufrieden war. Bis auf das Kapitel Reisefreiheit.

Selbstverständlich sind die, die nach der Wende arbeitslos wurden, unzufrieden, aber das sind die Arbeitslosen der alten Bundesländer auch. Und nicht erst seit gestern. Leider wird von den Medien die Arbeitslosigkeit in Ost und West immer noch getrennt, so dass es fast unmöglich ist, dass das zusammenwachsen kann, was zusammen gehört. Unverständnis auf beiden Seiten wird geschürt und die Betroffenen der neuen Bundesländer fühlen sich natürlich enorm benachteiligt. Die Menschen in den alten Bundesländern übrigens genauso. Sie fühlen sich ausgenutzt, weil die Abgaben zum Aufbau Ost nicht aufhören und sie das Gefühl haben, permanent gemolken zu werden.

Auch hier: Dank unserer Medien!

Erinnerungen an die Zukunft

Und dann kam am 1. Juli 1990 die Währungsunion. Ging da nicht ein Aufschrei durch die alten Bundesländer? Man hört ihn fast heute noch: "Das ist ja ein Ding! Eins zu eins kriegen die ihr Geld umgetauscht! Stark! Als wir die Währungsreform hatten, kriegten wir ein *Kopfgeld*

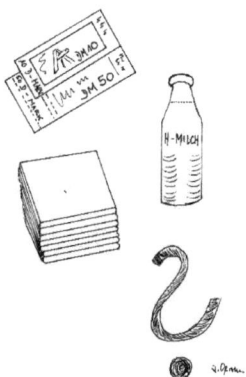

und konnten zusehen, wie wir damit fertig wurden. Vom Wirtschaftsboom konnten wir damals nur träumen!"

Über Nacht waren in der damaligen BRD plötzlich die Schaufenster voll, das half allerdings den Menschen wenig. Mit dem wenigen Geld konnten sie die Auslagen nur anstaunen, bis sie diese Dinge kaufen konnten, sollten für den größten Teil der Bevölkerung noch Jahre vergehen.
Das alte Deutschland war nach 1945 so vollkommen am Boden, dass nichts mehr da war, vor allen Dingen kein Geld. Die Industrie war am Boden und fast alle Fabriken zerstört. Deutschland hatte diesen letzten Krieg so gründlich verloren, wie nie ein Volk zuvor.

Außerdem bekamen die DDR-Bürger, nennen wir sie mal jetzt so, ihr Geld nicht generell 1:1 umgetauscht. Die Summen waren begrenzt. Rentner konnten, so sie hatten, 6.000 Mark umtauschen, Erwachsene 4.000 Mark und Kinder bzw. Jugendliche 2.000 Mark.
Was über diese Beträge hinaus ging, wurde noch 1:2 umgetauscht.
Schulden wurden übrigens auch 1:2 umgetauscht.
(Wenn ich mich recht erinnere).

Nun hatten die neuen Bundesbürger also auch die DM. Was machte man damit? Der Umgang damit musste erst einmal erlernt werden.
Am deutlichsten wird das wohl mit dem Ausspruch klar: "Oh Gott, jetzt muss ich das gute Geld für Lebensmittel und Windeln ausgeben!" (Früher kaufte man mit der begehrten DM nur Besonderheiten im Intershop ein)
Ricarda und Jan traten die Tränen in die Augen, dennoch mussten sie herzlich lachen!

Sicher, der Start war ein besserer als ihn die alte Bundesrepublik anno achtundvierzig hatte, aber man sollte dabei eines nicht vergessen: Aufbauen und wirtschaftliche Gewinne erzielen kann man nur, wenn man vorher investiert. In ein paar Jahren wird es vielleicht so sein, dass die neuen Bundesländer einen wirtschaftlichen Boom zu verzeichnen haben, von dem letztlich das gesamte Land profitiert. Denn, was jetzt *drüben* aufgebaut wird, ist das Neueste vom Neuesten. Nur so können wir unsere *Made in Germany* wieder zu dem machen, was sie einmal war. Auch wenn Heinz Erhardt schon vor Jahrzehnten behauptete, dass in Germanien der Wurm drin sei ... Die berühmte Made in Germany.

Nur einsehen sollte das ein jeder, vor allen Dingen auch, dass die Lohn- und Preisschraube nicht endlos weitergedreht werden kann. Der Industriestandort Deutschland kann nur erhalten werden, wenn alle, und das gilt für Ost und West gleichermaßen, vernünftig sind. Der erste Silberstreif am Horizont unserer Wirtschaft und gleich eine Lohnerhöhung von sechs Prozent – das geht auf die Dauer in die Hose.

Aber gründlich!

Hallo Gewerkschaften!

Die Bevölkerung ist manchmal klüger, abgesehen von *den* schwarzen Schafen, die ohnehin nur an sich denken. Aber wehe, wenn das Kind dann in den Brunnen gefallen ist!

He! Staat! Hilfe!

Stimmt doch, oder?!

Schon vergessen?

Der Staat sind wir!

Tatsache ist, dass vielerorts wirkliche Hilfestellungen notwendig waren, die durch Missverständnisse auf beiden Seiten erschwert wurden. Warnte man jemanden davor, dies oder jenes zu tun, weil zum Beispiel bestimmte Betrügereien in der alten Bundesrepublik bekannt waren, bekam man Bevormundung vorgeworfen.

Sagte man nichts, um sie eben nicht zu bevormunden und es ging etwas gründlich daneben, hieß es: das hättet ihr uns ja auch mal vorher sagen können. Die Stimmung war so, dass man sich aussuchen konnte, was man falsch machte. Falsch war es allemal.

Trotzdem: die Einheit ist vollzogen und die meisten begrüßen sie auch. Plötzlich konnte man seitens der ehemaligen DDR-Bevölkerung wieder Dinge sagen, tun, hören, die jahrelang, jahrzehntelang, verboten waren.

Für Ricarda und Jan brach ein neues Zeitalter an.
Der Weg führte mit dem Auto über Helmstedt-Marienborn.

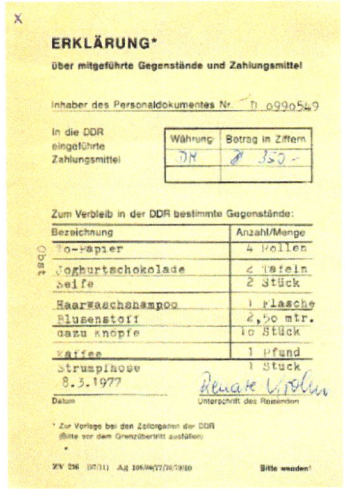 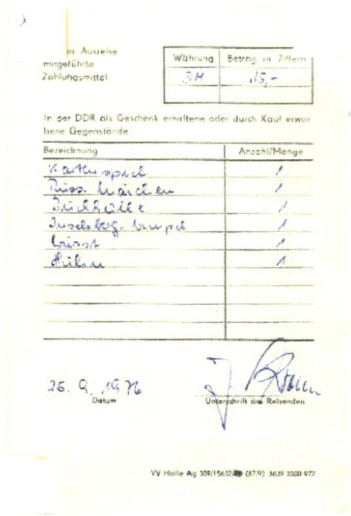

"Hier war mal eine Grenze", meinte Ricarda ganz leise. "Stell' dir vor, wie wir doch innerlich immer ein bisschen Muffe hatten, wenn wir rüber mussten. Wir hatten nie was Verbotenes mit, außerdem mussten alle Waren angemeldet werden; irgendwie war es trotzdem immer ein komisches Gefühl. Das war einfach so."

"Aber riechen tut's noch genauso wie früher", meinte Jan. Braunkohlenmief ist unverkennbar. Dafür gibt es kaum noch Trabbis, die haben auch gewaltig zu dieser Geruchmischung beigetragen!"
Dafür gab es in ganz Westdeutschland zu dieser Zeit kaum noch einen Gebrauchtwagen zu kaufen. In Düsseldorf fanden die beiden bei einem Autohändler ein Schild: *Suche gute Gebrauchtwagen!*
Sein Ausstellungsparkplatz war leer.

Die Ankunft in Potsdam vermittelte beiden das Gefühl, durch eine Großbaustelle zu fahren. Überall waren Straßen, sofern man früher Straßen dazu sagen konnte, aufgerissen. Das Holländische Viertel, noch von Peter dem Großen ins Leben gerufen und in vierzig Jahren Misswirtschaft total verfallen, wurde wieder aufgebaut. Mit dieser Sanierung hatte man allerdings schon lange vor der Wende begonnen; auch die damalige Bundesregierung steckte jede Menge Geld hinein; jetzt bauen wir halt gemeinsam weiter. In ein paar Jahren (*) werden dort wunderschöne Häuser mit einer alten Seele und modernster Ausstattung stehen. Wohnungen für viele Familien. Nur ein paar Jahre!
Ein bisschen Geduld!

(*) Die Jahre sind um und die Häuser sind wunderschön.

Weiter gingen sie, zur Glienicker Brücke.

Keine Ahnung? Ein sehr dramatischer Begriff aus der Vergangenheit.

Diese Brücke wäre zu Fuß über einen der breiten Boulevards von Potsdam zu erreichen gewesen, wenn es keine Grenze gegeben hätte. So war der Zugang bereits einen Kilometer davor gesperrt.

Halt! Grenze! Weiterfahren verboten.

Komischerweise stand da nie etwas von *weitergehen*, doch man sollte es zu DDR-Zeiten gar nicht erst versucht haben.

Republikflucht!

Einige Schüsse hinter dem Flüchtenden her und die Republik hatte ihn wieder.

Ob lebend oder tot – wer weiß das schon!

An dieser Brücke wurden in der Vergangenheit die Spione ausgetauscht. West gegen Ost und was auch sonst noch immer.

Heute geht man ganz gemütlich darüber; nichts erinnert an die einstige Bedeutung. Oder doch? Der Reiseleiter einer Stadtrundfahrt machte uns mit der Bemerkung: sehen Sie einen Unterschied? … darauf aufmerksam. Die Aufbauten der Brücke waren zur Hälfte farblich kräftiger (West) als die andere – ehemals Hälfte Ost.

Als Ricarda und Jan den Heiligensee erreichten, konnten sie nur staunen. Die Natur hatte schnell und gründlich gearbeitet. Unmittelbar neben dem Ufer des Heiligensees verlief einmal die Mauer und überall standen Wachtürme, deren Grenzer mit superstarken Ferngläsern ausgerüstet waren.
Keine Ameise entging diesen Blicken.
Und nun? Nichts mehr zu sehen!
Es ist Gras darüber gewachsen!
Ein Häuschen ließ man stehen. Zur Erinnerung?
Mahnmal?

"Eigentlich könnten wir doch nach Berlin fahren, zum Roten Rathaus. Was meinst du?", fragte Jan.
"Hm, keine schlechte Idee."
"Am besten mit der S-Bahn. Ich kenne mich nicht aus und weiß nicht, ob, wo und wie man da parken kann", dachte Jan laut.
"Also – fahren wir mit der S-Bahn!"

Das konnte man vor der Wende auch, allerdings brauchte man dafür zwei Stunden. Um nach Ostberlin zu kommen, musste man um ganz Westberlin außen herum fahren, weil man die U-Bahnschächte einfach zugemauert hatte. Und jetzt – Minutensache!

"Irgendwann", meinte Ricarda, "irgendwann wird man uns das alles nicht mehr glauben.

Es wird Geschichte werden."

"Nie!"

Jan vertrat die Ansicht, dass in Deutschland nie etwas Geschichte wird. Womit er ganz sicher irgendwie Recht hat.

Am besten, wir beißen jetzt alle die Zähne zusammen. Aber wirklich alle!

Wir schaffen es! Das wäre doch gelacht!

Hallo!
Guten Morgen Deutschland!

Nachtrag

Jochen Krohn

Ophovener Straße 17
51375 Leverkusen
Telefon + Fax
0214 / 40 39 700

Jochen Krohn – Ophovener Str. 17 – 51375 Leverkusen

Bundeskanzleramt
Frau Bundeskanzlerin Dr. Angela Merkel
Willy-Brandt-Straße 1

10557 Berlin

Schreiben an das Bundeskanzleramt 02.02.2014 und die daraus resultierende Antwort vom 21. Februar 2014.

02.02.2014

Sehr geehrte Frau Bundeskanzlerin Merkel,

seit Jahren streite ich mich mit Freunden, ob wir nach dem 2. Weltkrieg im Laufe der Jahre – nach dem Mauerfall – einen Friedensvertrag bekommen haben.

Können Sie mir darauf eine Antwort geben? Ich bin nämlich der Ansicht, dass mit uns ein Solidaritätsvertrag abgeschlossen wurde, der m. E. nicht mit einem Friedensvertrag gleichzusetzen ist.

Ich würde mich freuen, von Ihnen zu hören und verbleibe

mit freundlichen Grüßen

Jochen Krohn

Bundesministerium
des Innern

Bundesministerium des Innern, 11014 Berlin

Herrn
Jochen Krohn
Ophovener Straße 17
51375 Leverkusen

HAUSANSCHRIFT	Alt-Moabit 101 D, 10559 Berlin
POSTANSCHRIFT	11014 Berlin
TEL	+49(0)30 18 681-45534
FAX	+49(0)30 18 681-
BEARBEITET VON	
E-MAIL	
INTERNET	www.bmi.bund.de
DIENSTSITZ	Berlin
DATUM	21. Februar 2014
AZ	V11-12007/3#55

Friedensvertrag
Ihr Schreiben vom 2. Februar 2014 an das Bundeskanzleramt

Sehr geehrter Herr Krohn,

auf Ihr o.a. Schreiben teile ich folgendes mit:

Die internationalen Aspekte der Wiedervereinigung Deutschlands sind in dem sog.
Zwei-plus-Vier-Vertrag vom 12. September 1990 (BGBl. 1990 II, S. 1317)
abschließend geregelt. Deswegen heisst der Vertrag auch wörtlich „Vertrag über die
abschließende Regelung in Bezug auf Deutschland". Die Präambel des Vertrages
betont, dass die Vertragspartner „in dem Bewusstsein (übereingekommen sind),
dass ihre Völker seit 1945 miteinander in Frieden leben.". Mit dem Vertrag
verzichten die vormaligen „Vier Mächte" auf die besonderen Rechte und
Verantwortlichkeiten, die sie bei Kriegsende für Deutschland als Ganzes
übernommen hatten. Außer Kraft getreten sind damit zum Beispiel das Protokoll
über die Besatzungszonen in Deutschland und die Verwaltung von Groß-Berlin vom
12. September 1944, das Abkommen über Kontrolleinrichtungen in Deutschland

vom 14. November 1944, die Erklärung in Anbetracht der Niederlage Deutschlands vom 5. Juni 1945 oder die sog. Potsdamer Beschlüsse vom 2. August 1945. Damit wurde die Souveränität Deutschlands uneingeschränkt wiederhergestellt und der außen- und sicherheitspolitische Rahmen für die deutsche Wiedervereinigung bestimmt, so dass es nach allgemeiner Auffassung einer friedensvertraglichen Regelung nicht mehr bedarf (vgl. Stern, Das Staatsrecht der Bundesrepublik Deutschland, Band V: Die geschichtlichen Grundlagen des Deutschen Staatsrechts (2000), S. 2070 f.)

Ich verweise ferner auf das Urteil des Bundesgerichtshofs vom 26. Juni 2003, Az: III ZR 245/98, Ziffer III, Randnummer 38, in dem ausgeführt wird:

„Der Zwei-plus-Vier-Vertrag mag zwar nicht als Friedensvertrag im herkömmlichen Sinne, der üblicherweise die Beendigung des Kriegszustandes, die Aufnahme friedlicher Beziehungen und eine umfassende Regelung der durch den Krieg entstandenen Rechtsfragen erfasst, zu qualifizieren sein. Er hatte aber erklärtermaßen das Ziel, eine abschließende Regelung in Bezug auf Deutschland herbeizuführen, und es wurde deutlich, daß es weitere (friedens-)vertragliche Regelungen über rechtliche Fragen im Zusammenhang mit dem Zweiten Weltkrieg nicht geben wird. Hieraus ergab sich auch, daß die Reparationsfrage in Bezug auf Deutschland nach dem Willen der Vertragspartner nicht mehr vertraglich geregelt werden soll".

Im Auftrag

Mit freundlichen Grüßen

Dr. Eschweiler

Wussten Sie das ?